Chouette Maternelle

Moyenne Section
4-5 ans

activités de LECTURE

Albert Cohen
Jean Roullier
professeurs des écoles formateurs

Écris ton prénom :

....

Hatier

Présentation

Ce cahier permet à votre enfant de se préparer en douceur à l'apprentissage de la **lecture**, dès la **Moyenne Section de maternelle**.

Conseil parents

À partir de quelques images d'un album, faites raconter l'histoire à votre enfant en respectant l'ordre de la séquence (3 à 4 images).

■ Au début de chaque double-page, un **Conseil parents** vous donnera une information pour vous aider à accompagner votre enfant dans son apprentissage : un conseil pratique, une astuce, une idée d'activité à faire avec lui ou des exemples à prendre dans la vie quotidienne...

■ Les **exercices** font assimiler et mémoriser l'essentiel des connaissances que votre enfant doit avoir acquis en lecture au cours de son année scolaire : acquérir le sens de la lecture, reconnaitre des lettres majuscules bâtons et quelques mots, comprendre une image, une suite d'images ou un texte...

■ Certaines activités nécessitent l'utilisation d'**autocollants** (situés au centre de l'ouvrage) qui favorisent l'apprentissage de façon ludique.

■ Votre enfant pourra colorier la chouette lorsqu'il aura réussi les activités de la page.

■ Dans ce cahier, certains mots sont écrits selon les prérogatives du Ministère de l'Éducation nationale, recommandant d'appliquer **la nouvelle orthographe**. Par exemple, le mot « goûter » devra dorénavant s'écrire « gouter », « nénuphar » : « nénufar » ou encore le mot composé « des après-midi » s'écrira au pluriel « des après-midis ».

■ Sur la dernière page de ce cahier, votre enfant trouvera un **abécédaire des animaux** pour l'aider à bien mémoriser les lettres et l'ordre alphabétique.

© Hatier, 8 rue d'Assas, 75006 Paris – 2021 – ISBN : 978-2-401-07785-0
Conception graphique : Frédéric Jély • Édition : Anne-Sophie Cayrey • Mise en page : Nadine Aymard
Illustrations : Karen Laborie • Chouettes : Adrien Siroy.

Achevé d'imprimer en France par Imprimerie IPS
Dépôt légal : 07785-0/02 - Décembre 2021

Sommaire

Reportez la date à laquelle votre enfant a fini chaque double-page pour visualiser facilement sa progression en lecture tout au long de son année de Moyenne Section.

1 Lire une affiche

Conseil parents

Sur les couvertures de ses DVD préférés, demandez à votre enfant de vous montrer le titre du film et de nommer les personnages principaux.

1 Complète l'affiche grâce aux autocollants.

VENEZ TOUS AU CIRQUE *OULALA*
POUR ADMIRER IGOR LE **DOMPTEUR**,
PEDRO L'**ACROBATE**, YOYO LE **CLOWN**,
ZAZA L'**ÉQUILIBRISTE**,
ET NESTOR LE **JONGLEUR**.

DEMAIN, SUR LA PLACE DE LA MAIRIE

2 Colorie de la même couleur la case qui contient le mot du modèle.

OURS	LOUP	OURS	CHIEN

LION	CHAT	LIVRE	LION

TIGRE	THON	TIGRE	LAPIN

ÉLÉPHANT	GIRAFE	LYNX	ÉLÉPHANT

2 Reconnaitre les lettres A, E, I, O, U, Y

Conseil parents

Avec votre enfant, partez à la chasse aux lettres dans ses livres en lui demandant de vous montrer le plus de **A**, de **E**...

1 Colle chacun des mots dans sa maison.

A

E

I

O

2 Trace les fils des **E**, des **U** et des **y** puis colle les autocollants des mots et des dessins correspondants.

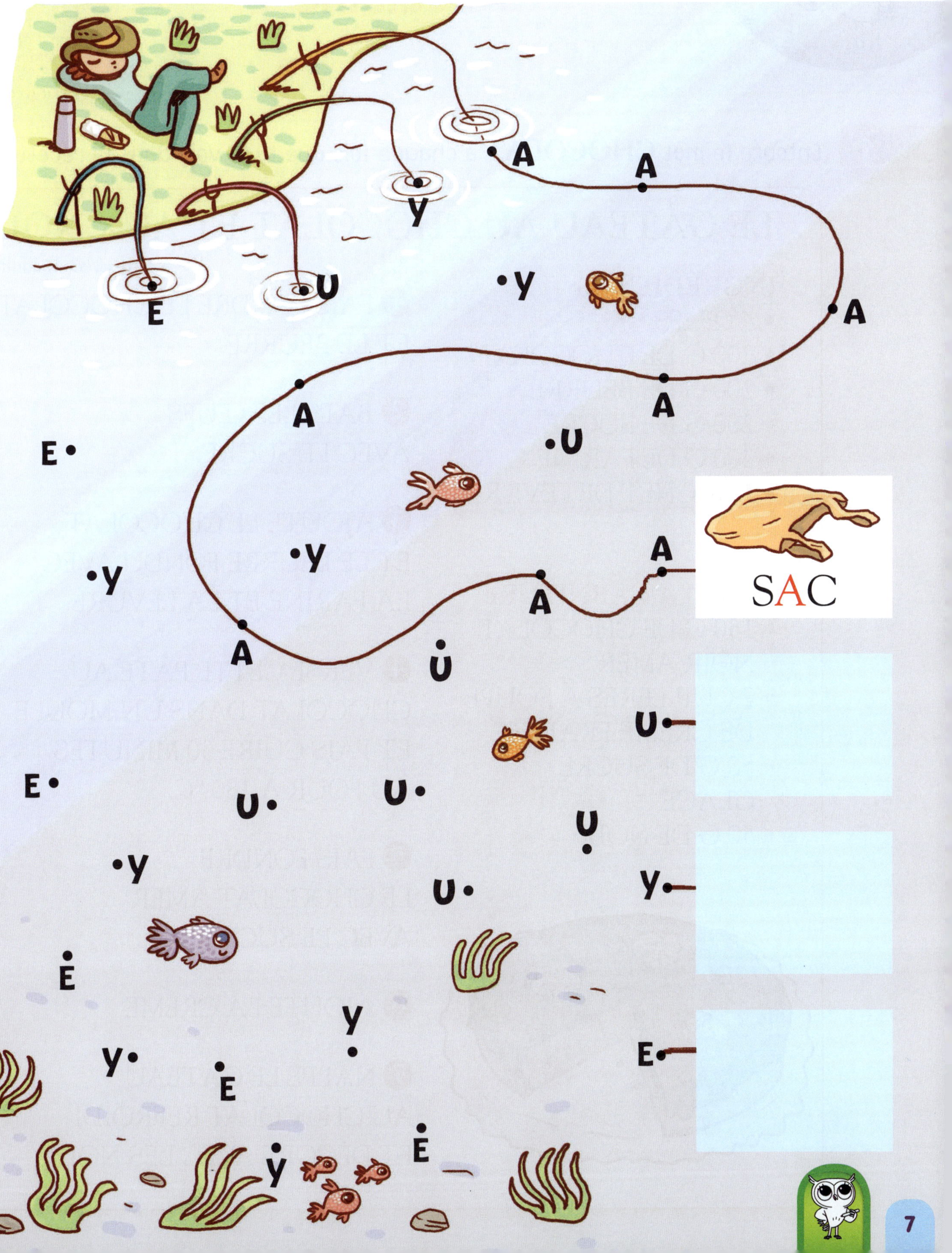

3 Lire une recette de cuisine

Conseil parents

Demandez à votre enfant de nommer des ustensiles de cuisine, écrivez-les sur une ardoise en lettres majuscules et demandez-lui les lettres qu'il reconnait.

1 Entoure le mot CHOCOLAT à chaque fois que tu le vois dans la recette.

LE GÂTEAU AU CHOCOLAT ET AUX NOIX

À faire avec un adulte.

INGRÉDIENTS

- 4 ŒUFS
- 200 G DE CHOCOLAT
- 200 G DE BEURRE
- 200 G DE SUCRE
- 200 G DE FARINE
- 1 SACHET DE LEVURE

POUR LA GARNITURE

- 150 G DE CHOCOLAT NOIR AMER
- 2 CUILLÈRES À SOUPE DE CRÈME FRAICHE
- 50 G DE SUCRE GLACE
- 50 G DE NOIX

1. FAIS FONDRE LE CHOCOLAT ET LE BEURRE.
2. BATS LES ŒUFS AVEC LE SUCRE.
3. AJOUTE LE CHOCOLAT ET LE BEURRE FONDU AVEC LA FARINE ET LA LEVURE.
4. VERSE CETTE PÂTE AU CHOCOLAT DANS UN MOULE ET FAIS CUIRE 30 MINUTES AU FOUR À 180 °C.
5. FAIS FONDRE LE CHOCOLAT AMER AVEC LE SUCRE.
6. AJOUTE LA CRÈME.
7. NAPPE LE GÂTEAU AU CHOCOLAT REFROIDI ET DÉCORE AVEC LES NOIX.

2 Colorie les cases qui contiennent les lettres du mot CHOCOLAT en suivant le code couleurs.

C	H	O	C	O	L	A	T

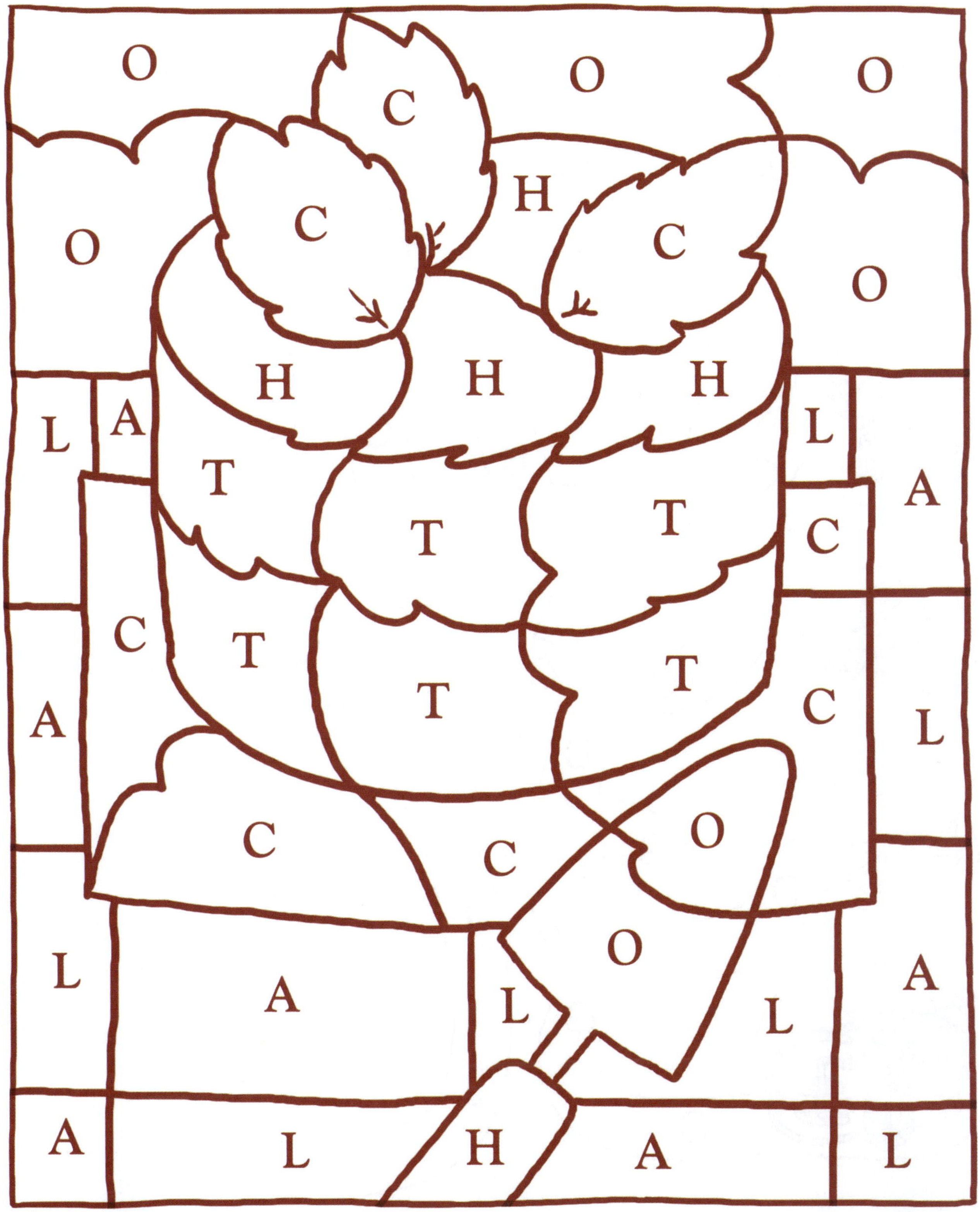

4

Reconnaitre les lettres B, C, D, F, G, H, J, K, L, M

Conseil parents

*Demandez à votre enfant de trouver oralement des mots commençant par les sons « **f** » (comme **f**ille), « **m** » (comme **m**aman), « **l** » (comme **l**unettes)...*

1 Trace le chemin de chaque lettre puis colle l'autocollant du mot à l'arrivée.

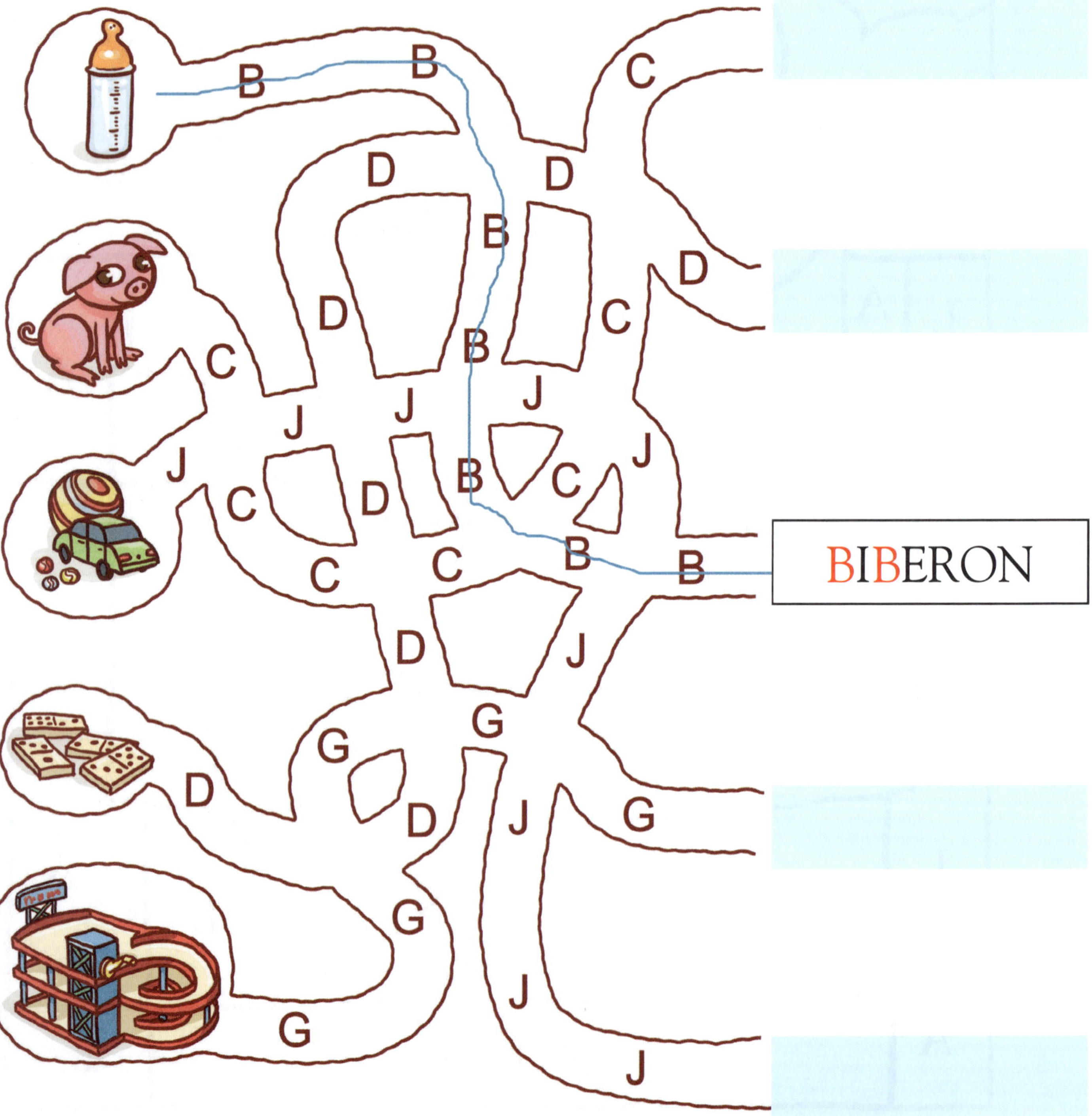

2 Colorie les lettres :
F en **vert**, **H** en **bleu**, **K** en **rouge**, **L** en **orange**, **M** en **violet**.
Colorie ensuite les dessins.

F	I	L	L	E

H	É	L	I	C	O	P	T	È	R	E

K	O	A	L	A

F	L	A	M	M	E

5 Lire une carte d'invitation

Conseil parents

Écrivez avec votre enfant la liste des ami(e)s qu'il souhaiterait inviter et préparez avec lui sa carte d'anniversaire.

1 Colle les autocollants du mot **ANNIVERSAIRE** sur les mots identiques.

Invitation

CHÈRE LUCIE,

JE T'INVITE POUR MON ANNIVERSAIRE.
J'AI 4 ANS.
VIENS DEGUISÉE POUR MON ANNIVERSAIRE.

TOM

L'ANNIVERSAIRE DE TOM

PIERRE CÉLINE TOM HUGO LUCIE

2 Souligne le mot **ANNIVERSAIRE** à chaque fois que tu le vois.
Puis, grâce au dessin de la page 12, colle le prénom de l'enfant qui a écrit chaque lettre.

CHER TOM,
MERCI DE M'AVOIR INVITÉE À TON ANNIVERSAIRE, C'ÉTAIT RIGOLO !

QUEL ANNIVERSAIRE !
INVITE-MOI ENCORE L'ANNÉE PROCHAINE.

JE FÊTE MON ANNIVERSAIRE LA SEMAINE PROCHAINE, TU VIENDRAS ?

ON POURRA ENCORE JOUER À CACHE-CACHE ENSEMBLE, COMME À TON ANNIVERSAIRE ?

6

Reconnaitre les lettres N, P, Q, R, S, T, V, W, X, Z

Conseil parents

*Sur un magazine de votre enfant, partez avec lui à la chasse aux mots commençant par un **P** puis un **V**, **S** ou **T**, enfin un **N** et lisez-les avec lui.*

1 Entoure les lettres **P** en **rouge**, **Q** en **vert**, **R** en **bleu**, **S** en **orange** et **T** en **rose**.

QUI OBSERVE LA POULE ROUSSE ?

QUI PIQUE DU BEC TOUS LES

SERPENTS DU JARDIN ?

PARDI ! JE CROIS QUE C'EST

MAITRE RENARD.

2 Colorie les lettres qui forment le mot **SERPENT**.

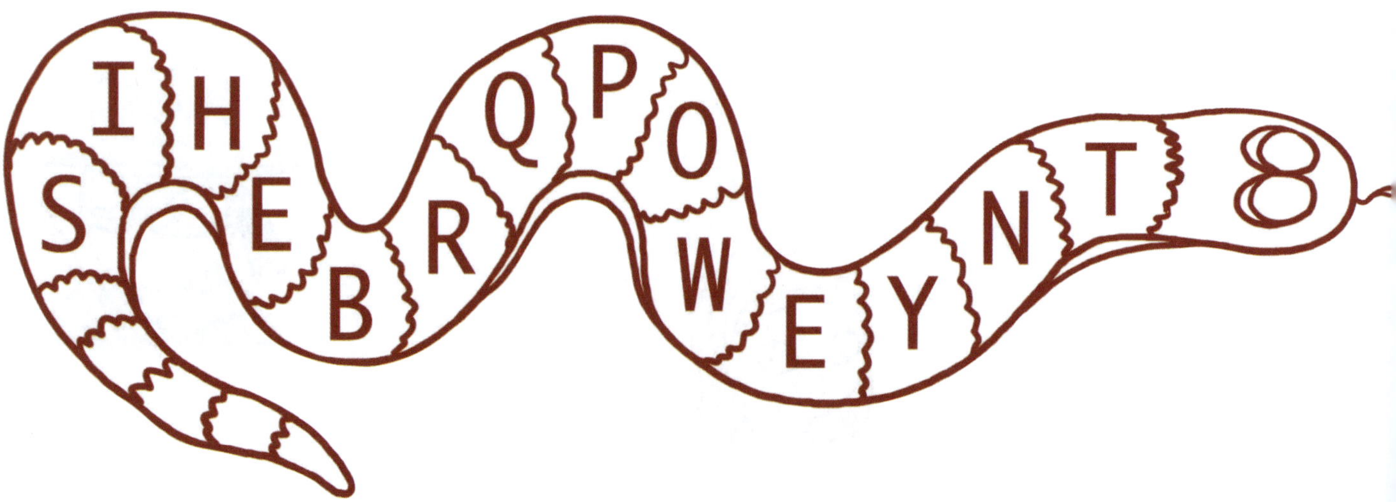

3 Colle chaque autocollant sur le camion portant la bonne lettre.

7 Lire une lettre

Conseil parents

À partir de courriers reçus par vous-même ou votre enfant, identifiez avec lui qui a écrit et les mots importants.

1 Colle les autocollants **PAPA** et **MAMAN** sur les mots identiques.

À TOULON, LE 7 JUILLET

BONJOUR LOUISE,

JE SUIS EN VACANCES AU BORD

DE LA MER.

MAMAN ET MOI, ON FAIT DU BATEAU.

PAPA A LE MAL DE MER. ALORS,

IL RESTE SOUS LE PARASOL.

MAMAN DIT QU'IL N'A PAS LE PIED MARIN

ALORS QUE PAPA A DEUX PIEDS,

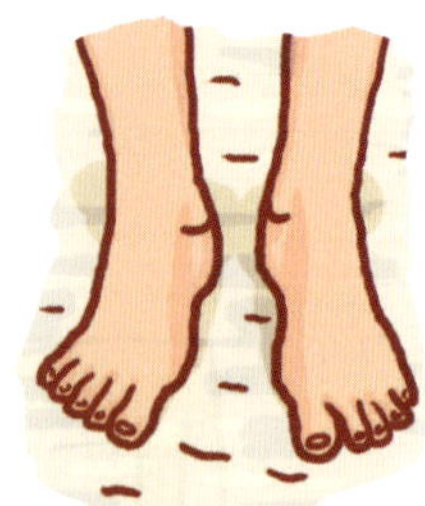

COMME MOI.

NOUS RENTRONS LE 27.

JE T'EMBRASSE,

LUC

2 Relie les phrases à leurs dessins puis colorie-les.

PAPA, MAMAN ET LUC
SONT À LA PLAGE.

MAMAN ET LUC
FONT DU BATEAU.

PAPA EST SOUS
LE PARASOL.

LES DEUX PIEDS
DE PAPA.

8

Lire des images séquentielles

Conseil parents

À partir de quelques images d'un album, faites raconter l'histoire à votre enfant en respectant l'ordre de la séquence (3 à 4 images).

1 Place les images pour raconter les deux histoires dans le bon ordre.

MA MAMAN VA CHEZ LA COIFFEUSE.	LA COIFFEUSE COUPE LES CHEVEUX DE MAMAN.	MAMAN A LES CHEVEUX COURTS.

L'AVION DÉCOLLE.	L'AVION VOLE AU-DESSUS DES NUAGES.	L'AVION ATTERRIT.

2

Les images de chaque histoire sont mélangées.
Dans les petites cases, écris les chiffres 2, 3 et 4 à leur place, afin de lire l'histoire dans l'ordre.

1	2	3	4

1

1

1

9 Lire une liste

Conseil parents

À partir de catalogues de jouets, de vêtements ou de meubles, découpez des illustrations, collez-les et lisez avec votre enfant les listes ainsi composées.

1 Colle les autocollants des jouets dans la bonne liste.

LES JOUETS DE LA PLAGE	LES JOUETS DE LA CHAMBRE
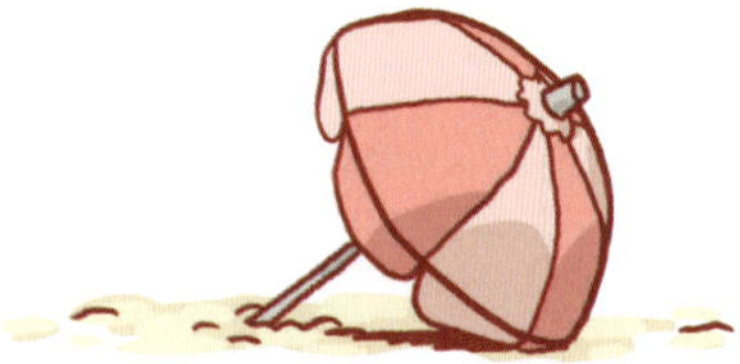	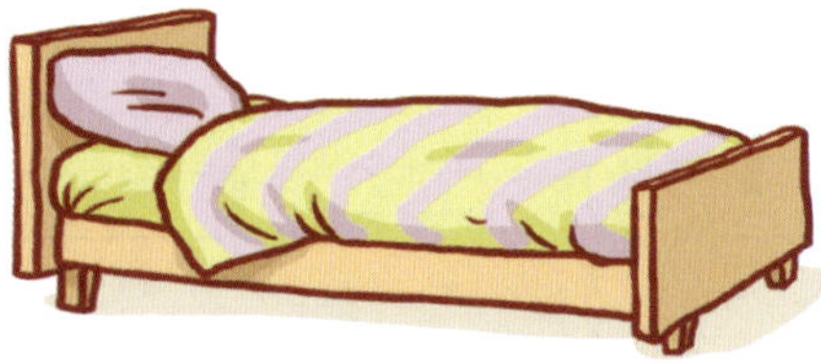

2 Relie les noms de la liste aux mots identiques et à leurs dessins.

LISTE DES JOUETS DE PLEIN AIR

UN BALLON •
UN VÉLO •
UNE TROTTINETTE •
UN CERF-VOLANT •

• UN CERF-VOLANT

• UN LIVRE

• UN BALLON

• UN LIT DE POUPÉE

• UN VÉLO

• UNE TROTTINETTE

10 Lire des images séquentielles

Conseil parents

Proposez à votre enfant de vous raconter une histoire d'un de ses livres qu'il connait bien, en s'appuyant sur les images.

1 Complète cette histoire avec les autocollants.

2 Regarde les dessins en désordre de l'histoire de la grenouille.
Puis colle les phrases pour remettre l'histoire dans l'ordre.

ELLE SAUTE
SUR LE **NÉNUFAR**.

ELLE SAUTE
DU NÉNUFAR
SUR LA **PIERRE**.

LA GRENOUILLE
A VU LA MOUCHE.

ELLE SAUTE
SUR L'AUTRE **BERGE**.

ELLE **GOBE** LA MOUCHE.

1. LA GRENOUILLE **A VU** LA MOUCHE.
2.
3.
4.
5.

11 Lire une carte postale

Conseil parents

Pendant les vacances, lisez à votre enfant ses cartes postales et faites-lui identifier l'expéditeur, son adresse, décrire le timbre, l'illustration ou la photo de la carte postale...

1 Colorie en **orange** le mot PAPI et en **vert** le mot MAMIE.
Dessine le timbre et colorie le dessin de la carte.

PAPI ET MAMIE, JE FAIS DU SKI ET JE M'AMUSE BIEN. PAPI, JE SAIS ALLER VITE ET, MAMIE, J'AI EU MON FLOCON. MAMIE ET PAPI, JE VOUS FAIS DE GROS BISOUS. MARIE	MON PAPI ET MA MAMIE 8, ROUTE DU PETIT BOIS 99 999 TOULABA

p. 4

JONGLEUR CLOWN DOMPTEUR

ACROBATE ÉQUILIBRISTE

p. 6

CHAT DODO NID FÉE

p. 10

DOMINOS

JOUETS

COCHON

GARAGE

p. 7

SOURIS

TRESSE

YOYO

p. 12-13

ANNIVERSAIRE

ANNIVERSAIRE ANNIVERSAIRE

LUCIE HUGO PIERRE CÉLINE

p. 15

VACHE

ZORRO

CANARD

WAGON

SAXO

p. 16

PAPA MAMAN PAPA MAMAN

p. 18

p. 20

p. 22-23

ELLE SAUTE SUR LE NÉNUFAR.

ELLE SAUTE SUR L'AUTRE BERGE.

ELLE GOBE LA MOUCHE.

ELLE SAUTE DU NÉNUFAR SUR LA PIERRE.

p. 25

PAPI ET MAMIE 8, ROUTE DU PETIT BOIS MARIE

99 999 TOULABA

p. 27 POU FOU COUCOU

p. 30 LE BANC LA CLASSE LA COUR UN ARBRE

LE PRÉAU

p. 32-33 POMME FRAISE ORANGE

CITRON CERISE

p. 34 CRAYON FEUILLE CISEAUX COLLE FEUTRE

p. 35 PINCEAU ROULEAU ÉPONGE PEINTURE

p. 37 **I O L E**

p. 39 LUNDI MARDI

MERCREDI JEUDI VENDREDI SAMEDI

DIMANCHE

p. 43 ROSE ORANGE ROUGE

VIOLET MARRON BLEU VERT NOIR

BLANC JAUNE

p. 45 LES PIEDS LE VENTRE

LA TÊTE LES MAINS LES JAMBES LES BRAS

2 En te servant du modèle de la carte de Marie page 24, complète ces deux cartes avec les autocollants et dessine les timbres.

JE FAIS DU SKI
ET JE M'AMUSE BIEN.

PAPI, JE SAIS ALLER VITE
ET, MAMIE, J'AI EU
MON FLOCON.

MAMIE ET PAPI,
JE VOUS FAIS
DE GROS BISOUS.

MARIE

MON PAPI ET MA MAMIE

8, ROUTE DU PETIT BOIS

PAPI ET MAMIE,

JE FAIS DU SKI
ET JE M'AMUSE BIEN.

PAPI, JE SAIS ALLER VITE
ET, MAMIE, J'AI EU
MON FLOCON.

MAMIE ET PAPI,
JE VOUS FAIS
DE GROS BISOUS.

MON PAPI ET MA MAMIE

99 999 TOULABA

12 Lire une poésie

Conseil parents

À partir de comptines connues et écrites, faites identifier les mots importants et récurrents.

1 Entoure le mot LAPIN à chaque fois que tu le vois dans ce poème.
Tu peux ensuite faire un dessin pour l'illustrer.

LE LAPIN DU PÈRE MARTIN

UN PETIT LAPIN
QUI S'ÉTAIT PERDU
TROUVA UN MATIN
UN LIT BIEN DODU.

C'ÉTAIT UNE CAGE
À LA PORTE OUVERTE
POUR UN LAPIN SAGE
QUI AIME L'HERBE VERTE.

MON PETIT LAPIN,
TU NE CRAINS RIEN,
JE SUIS VÉGÉTARIEN
DIT LE PÈRE MARTIN.
LE PETIT LAPIN
TROUVA UNE COPINE...

ET UN LAPIN, UN LAPIN,
UN LAPIN...
JUSQU'À LA SAINT-GLINGLIN.

2 Complète la poésie avec les bons autocollants.

LE POU FOU
ME FAIT COUCOU
LE POU FOU
EST UN VOYOU
LE POU FOU
ME GRATTE LE COU
HOU, HOU,
ARRÊTE POU FOU !

LE FOU
ME FAIT
LE POU FOU
EST UN VOYOU
LE POU
ME GRATTE LE COU
HOU, HOU,
ARRÊTE POU FOU !

13

Lire un récit

Conseil parents

Demandez à votre enfant de rechercher et de vous montrer dans ses albums, les mots désignant les personnages principaux de l'histoire (ex : le loup, Ernest. . .).

1 Entoure le mot ORAGE dans le texte à chaque fois que tu le vois.

L'ORAGE

– TIENS, UN ORAGE SE PRÉPARE, A DIT PAPA.

MAMAN ET MOI, ON N'AIME PAS L'ORAGE CAR LES ÉCLAIRS ET LE TONNERRE NOUS FONT PEUR.

QUAND L'ORAGE ÉCLATE, JE ME CACHE SOUS LA TABLE DE LA CUISINE.

LA ROUTE RESSEMBLE À UNE RIVIÈRE.

L'ORAGE CESSE D'UN COUP.

TOUT EST CLAIR ET SENT BON : L'ORAGE A TOUT NETTOYÉ.

2 Relie chaque mot à son dessin.

NUAGE PLUIE ÉCLAIR

3 Regarde bien les images et trace les flèches qui donnent l'ordre de l'histoire.

Lire des mots de l'école

Conseil parents

Placez quelques étiquettes écrites en majuscules dans la chambre de votre enfant (LIT, ARMOIRE, CHAISE, LAMPE...) puis jouez avec lui à les replacer au bon endroit.

1 Colle les autocollants des mots au bon endroit.

2 Relie les lettres pour former les mots suivants.

TABLEAU

T A E A B L U

CHAISE

C H S I A E

POUBELLE

P U B E E O L L

ARMOIRE

R M E A I R O

15 Lire une publicité

Conseil parents

Lisez avec votre enfant les noms de ses produits alimentaires préférés sur leurs emballages. Découpez-les et faites-lui renommer ultérieurement.

1 Colle les autocollants sur les mots identiques.

2 Colle les autocollants des fruits au bon endroit en t'aidant de l'affiche de la page 32.

16 Lire des mots du matériel de classe

Conseil parents

Écrivez sur des étiquettes, en lettres majuscules, les mots CRAYONS, CISEAUX, FEUTRES, COLLE, FEUILLE et jouez avec votre enfant à échanger l'étiquette contre l'objet correspondant.

1 Regarde bien les 5 dessins et leurs noms, puis colle au bon endroit sur les étagères les mots du matériel de classe.

CRAYON FEUTRE CISEAUX COLLE FEUILLE

2 Colle les autocollants des mots au bon endroit et dessine les objets.

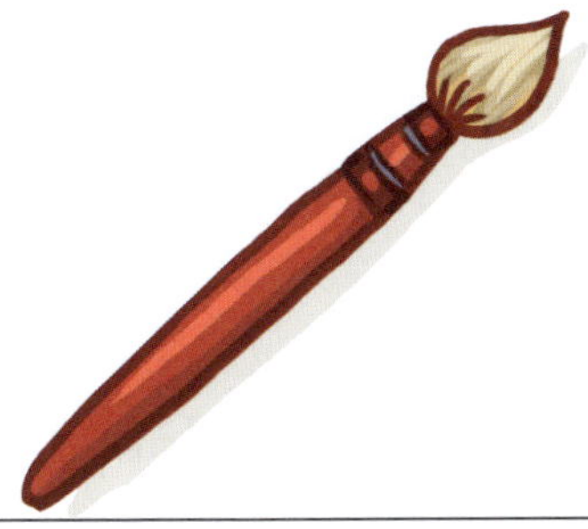

PINCEAU

ROULEAU

ÉPONGE

PEINTURE

17

Lire un récit

Conseil parents

Sur une ardoise, écrivez un mot en majuscules et demandez à votre enfant de le retrouver dans un de ses albums ouvert à la bonne page.

1 Entoure le mot COCCINELLE à chaque fois que tu le vois dans le texte.

LA COCCINELLE MAGIQUE

NICOLAS A TROUVÉ UNE COCCINELLE.

QUAND NICOLAS LUI DIT : « COCCINELLE,

ENVOLE-TOI ! », ELLE S'ENVOLE.

QUAND NICOLAS LUI DIT : « COCCINELLE,

POSE-TOI SUR MON DOIGT! »,

ELLE SE POSE SUR SON DOIGT.

MAIS QUAND IL LUI DIT : « COCCINELLE,

PARLE-MOI ! », ELLE NE DIT RIEN.

SA COCCINELLE EST MAGIQUE

MAIS TIMIDE.

2 Colle les lettres qui manquent pour écrire le mot COCCINELLE.

C	O	C	C	I	N	E	L	L	E

C		C	C		N		L		E

3 Écris les chiffres dans les bonnes cases pour remettre dans l'ordre l'histoire de la page 36.

1	2	3	4

18 Lire les mots des jours de la semaine

Conseil parents

Construisez avec votre enfant son emploi du temps de la semaine et faites-lui reconnaître et dire les jours correspondant à une activité.

1 Entoure les matins et les après-midis quand tu vas à l'école.

LA SEMAINE DE CLÉMENT

	MATIN	APRÈS-MIDI
LUNDI		
MARDI		
MERCREDI		
JEUDI		
VENDREDI		
SAMEDI		
DIMANCHE		

2 Sous chaque activité de Clément, colle le bon jour de la semaine en t'aidant du tableau de la page 38.

19

Lire un texte documentaire

Conseil parents

À partir d'un imagier des animaux, faites nommer chaque animal et demandez à votre enfant de dire par quelle lettre commence son nom.

1 Entoure le mot LOUP à chaque fois que tu le vois dans le texte.

LE LOUP

NOM : CANIS LUPUS

FAMILLE : CANIDÉS

POIDS : DE 20 À 40 KILOS

LOCALISATION : LE LOUP VIT DANS TOUTES LES RÉGIONS DU MONDE. EN FRANCE, LE LOUP EST PRÉSENT DANS LES ALPES ET DANS LES PYRÉNÉES.

VIE SOCIALE : LE LOUP VIT EN MEUTE. UN LOUP MÂLE ET UN LOUP FEMELLE, LA LOUVE, SONT LES LOUPS DOMINANTS. CE SONT LES SEULS LOUPS DE LA MEUTE QUI PEUVENT FAIRE DES BÉBÉS.
LE LOUP MANGE SURTOUT DE LA VIANDE.
IL CHASSE EN GROUPE.

2 Parmi tous ces animaux, colorie uniquement les loups.

3 Entoure les lettres qui composent le mot **LOUP**.

L A

O

V N

U

D

P

I

20 Lire les mots des couleurs

Conseil parents

À partir de catalogues (jouets, vêtements...) que vous découperez, fabriquez avec votre enfant un tableau des couleurs.

1 Regarde bien la palette des couleurs puis colorie le dessin en suivant le nom des couleurs.

ROUGE BLEU JAUNE VERT NOIR BLANC

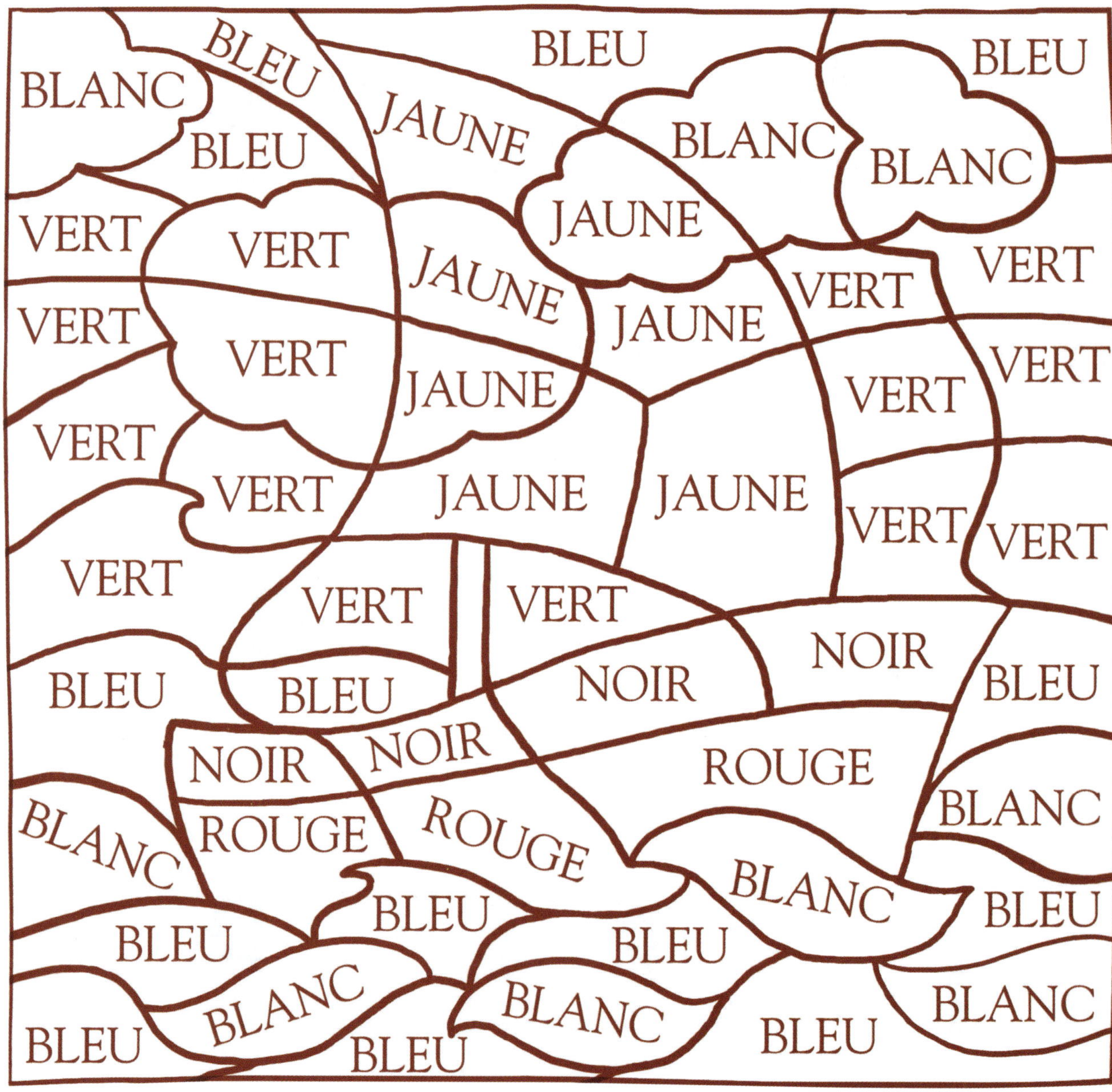

2 Colle l'autocollant du nom de la couleur sous chaque dessin.

ROSE

ORANGE

VIOLET

MARRON

21

Lire un récit

Conseil parents

Sur des images de personnages d'albums, faites nommer à votre enfant les différentes parties du corps.

1 Colorie en **vert** le mot LUTIN, en **bleu** le mot PETIT ou PETITS, en **orange** le mot PETITE ou PETITES.

ELBART EST UN LUTIN.

IL A DES PETITS **PIEDS** DE LUTIN. 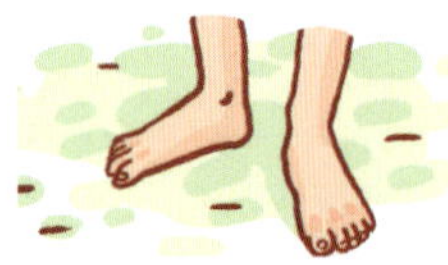

IL A DES PETITES **JAMBES** DE LUTIN . 

IL A UN PETIT **VENTRE** DE LUTIN. 

IL A DES PETITS **BRAS** DE LUTIN. 

IL A DES PETITES **MAINS** DE LUTIN . 

IL A UNE PETITE **TÊTE** DE LUTIN . 

MAIS IL EST GRAND PAR SON INTELLIGENCE !

2 Colle les autocollants qui nomment les parties du corps du lutin en t'aidant de la page 44. Puis colorie le dessin.

22 Lire une comptine

Conseil parents

Proposez un mot tiré d'une des comptines de votre enfant et demandez-lui d'en trouver d'autres qui se terminent par le même son.

1 Écoute la comptine puis relie chaque mot au nombre qui convient.

UN DOIGT,
LE P'TIT TRAIN.

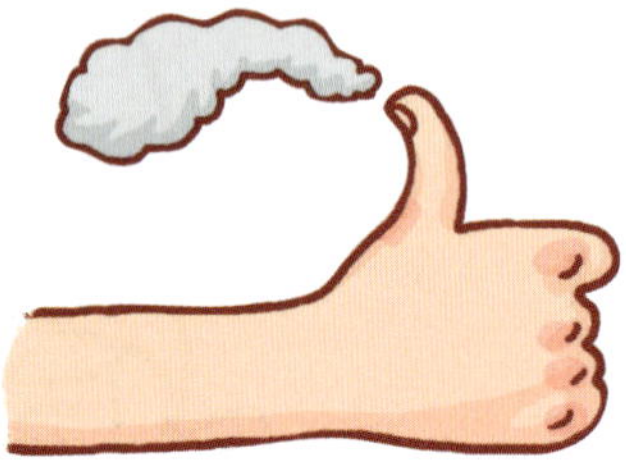

DEUX DOIGTS,
LE LAPIN.

TROIS DOIGTS,
LE LUTIN.

QUATRE DOIGTS,
DES COPAINS.

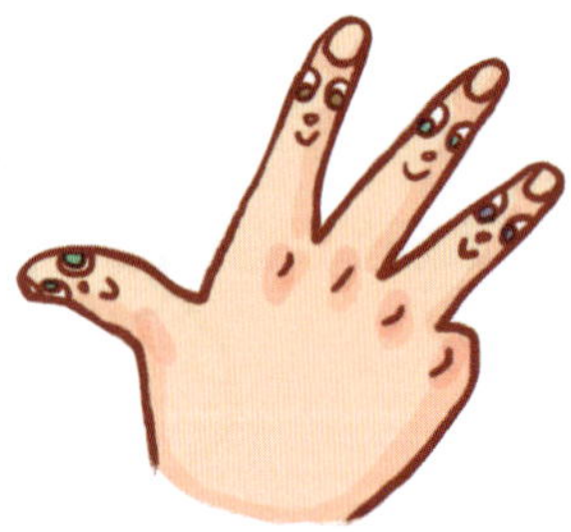

CINQ DOIGTS,
C'EST MA MAIN.

1	2	3	4	5
●	●	●	●	●
●	●	●	●	●
DEUX	QUATRE	UN	CINQ	TROIS

2 Colorie le dessin en respectant le code couleur.

1	2	3	4	5

Abécédaire des animaux

A a

âne

B b

biche

C c

canard

G g

grenouille

H h

hibou

I i

iguane

M m

mouton

N n

nandou

O o

otarie

S s

souris

T t

tortue

U u

urubu

V v

vache